JN090453

句集

# 朱欒ともして

皆川燈

七月堂

# 朱欒ともして

皆川燈

朱欒ともして　―目次―

# 第一章　月見草

石段はアリアときどき烏瓜

我を待つ板間は秋の草づくし

月光の穴にたまればまさおなる

アキアカネの大洪水を抜けられぬ
姥ユリの種はらはらとご託宣
境界に狐のかみそり咲かせます

うたた寝のマリーを月光が焼く

おはぐろが待つ階段は濡れている

こおろぎは壺に飼われて天安門

静脈をゆっくり帰る草ひばり

まず月見草植えよと伯爵領令は

虫籠の闇はこぼさぬように運ぶ

ソラリスのわが家へつづく遍路道

悼吉本和子さん

夢の川原で夢のつづきの話など

王統に深入りしたる糸とんぼ

蛍袋ゆらせば母のほぐれゆく

母系たどりてからっぽの桐箪笥

夕暮は鏡しずかに発熱す

乱心のマリアがとおる紅葉谷
アナルキアと名づけし手鞠さやけしや
糸切り鋏ひそみし小箱詩の小箱

青空へすがれし庭の羽化はじまる

まだ綿毛冬虹の根を発つときは

銀河系の雪降る沼へ黄昏へ

ただひとつ雪見障子を所望せり

帯の椿ひらきそめたる反魂日

冬麗をたぐりよせれば妹

カーブする歳月へぽっぽっと雪割燈

寒夕焼から国境がこぼれおちる

火の匂い雪の味して母は野ばら

春の岸いつも傷んだものばかり
幻のまちの北窓つぎつぎ開く
はずんで孤独いつまでもシャボン玉

水温むと今日ヱウロパより便り

日本水仙ささやくときは首くいと

朧夜の海へ電話をかけている

さまざまな恋のひとつに雲雀籠
永き日の杼(シャトル)とばして聖マリア
三千世界かな幻想の花ざかりかな

救い出す姉も蝶々のブローチも
夕暮の水なら手足生れやすき
なきながら白鳥帰る父の窓

藤棚を抜け出し母の髪ましろ

精霊と遊びほうけて干し草まみれ

転倒し昼顔となる二三日

末草揺れる辺りで上陸せよ
静かの海に万年筆を置きっぱなし
足指に古地図かいなにカシオペア

空は水あふれて蓮を恋いわたる

壊れつつ夜空へ帰る花火だった

月下美人咲き父母はうつらうつら

母とふたり歩いております著莪の花

父待てば三千世界風かおる

昼顔に感電せしものこの指止まれ

燈台は夜露に濡れて人恋えり

橋かもしれぬ未完の巻貝かもしれぬ

はればれと凍蝶ふかれいる永遠

DUO●みそひともじをみちづれに

# さねさしさがみ

思い出をひと束くださいここからは小川となって分け入っていく
**凹凸のやさしく唄う雪野原**

浅黒き手の甲にきてすぐ溶けてしまいし雪のようなシグナル
**恍惚物質あふれて雪の降る町は**

本を愛し心霊写真におののきぬあなたはいつも少年だった

**きさらぎへさらさらと骨こぼしおり**

階段の途中に座りひもすがら蝶に乗ること思いおりしと

**さねさしさがみのここにもひとり石っこ賢治**

父殺しの息子はやがて父となり息子を待てり殺されるため

春霞はじけば遠い遠い声

小鳥、月、舟かもしれぬ転生のころがっていくゆめのきざはし

サティ聴く羊水を浮きつ沈みつ

天上の雑木林を生れかわり棲みかわりして汝を待ちにき
**雪がやんだよと山鳩に呼ばれたり**

ミシン踏み小さな夢を縫っていた私のような娘のために
**野遊びの駄菓子屋めきぬ母系絶え**

パラスカ語とびかう寒き土地にきてちりばめられし破片を拾う
野水仙板を渡せば帰りくる

ほうれん草の根っこにまなこちかづけて洗いやまずよ悴む指で
うすむらさきのすとーる蝶になるまでの

光ひとつぶここに埋めておいたから忘れたころにきっと咲くから
**泪わく沼より春は来るものか**

隠れ家と呼ぶには明るすぎるから窓は大きく開け放つべし
**拾いたり雀がくれの蝶番**

機をすえ忘れるために織るという忘れ得ぬことと知りつつ

**破り捨てたはずの手紙が黒揚羽**

かるがも一家消えたる沼はぽつねんと沼であること考えていた

**しゃりしゃりと昔がよせる春の岸**

あれもこれも対なるものはみなひいな灯りのごとくそこここに置く
**ひなまつりかたむきまわる星にすみ**

縦書きのハングルはあたたかしゆっくりゆっくりほぐれていった
**朧夜の漢方薬を嗅いでみる**

体内に不意に生れてゆっくりと死海のごときもの育ちおり
**春宵に手足のばして雅やか**

春灯のあふれて消えて午前二時街中が森に戻っていった
**御殿鞠つぎつぎ咲きぬ新世界**

鏡台もエレクトーンも布かぶり逝く春に耳かたむけている
転生の窓よりふわとシャボン玉

片栗ははや咲きはじめたりまっくらな谷の思惟から解き放たれて
南島へ手を振れば振る友わかし

# 第二章　風花

わが骨もまじりて珊瑚散る海辺

補陀落が近づいてくる野分あと

天も地もいのちみなぎる辺土(ほとりのくに)

朱欒ともしてケンムンと二人っきり

夾竹桃の実は毒もてり拾いけり

白黒の山羊いて潮風は甘し

銀漢をとかして永遠に入江なる
原生林はいつも雨降りバナナ熟れ
しっとりと指にはりつく蛇の衣

ハモニカや廃校の池さざなみす

パパイアの青きほとりに目覚めたり

潮騒に三線まじる流謫かな

磔刑の手足やわらぐアキアカネ

神の居ぬ礼拝堂はあたたかし

病める葦そよぐ秋蚊を匿いて

珊瑚礁へかしぎて白き十字墓

島唄の湧き立つここは妣の国

秋の潮夢のふちまでひたひたと

シャワー熱し神かとおもう巨大蜘蛛

夕凪げばはねる魂ひかる魂

こんな小さな金魚となりて冬籠

父母に少し遅れて風花が
起きよはや垂氷したたりはじめたり
つんと青い雪雫まで一目散

少年来る吹雪の夜を日を橋を

エリアンの首にマフラー巻いてあげる

正装をして雪沼を訪いぬ

リバーサイド男の唄が雪間より
指先のまるくあかるい行き止まり
煙るような目をしていたり梅咲いて

君を連れ去るに金土日と雪
愛恋や赤いケットにくるまれて
ひなあられほろほろこぼるわかれなり

五月雨墓地は迷路と知りし日の

約束の薊をみずうみへ帰す

短夜や吊るされ揺れて哭いている

起し絵の男と生れギザギザや

恋と一文字炎天の突き当たり

隕石に運ばれてこの夕端居

銀河系の暗黒がこつと窓叩く

訣れがたきこの世と言えり青蜜柑

神と暮して銀河の岸に足ひたす

夜は秋の散歩で愛を使い切り
眠りいても涼しき声の届きけり
アジールの河原は猫も月草も

月光からんと母方へ折れ曲がる

小鳥来る膝に伊太利亜ひもとけば

秋草のあちこち向きてララバイ

木の実降る小さな家を忘れがたし

もどりゆく背中へ麦藁とんぼ止まれ

秋雨が黒旗濡らすバルセロナ

てのひらの通草から夜へジャンプ

まどろみの淵で咲きなさい　月よ

金木犀の明日へむきたる寝椅子かな

背負われて渉りしことも天の川

野分立つ君の思想のひところ

握りかえす手がある桜落葉かな

DUO●みそひともじをみちづれに

# 伝言

あの人も歌びとくいと尖るあご黄金の髪はベールに隠し
**息を殺して虫しぐれの谷へ**

屠らるる牛の眸をひたと見しのちゆっくりと立ち去りしとぞ
**生きたしよ秋草食みて蜜吸うて**

透けていく摩天楼なり夕暮はひかりの箱がゆっくり昇る
**衣縫うており天空の芒原**

王族の血をたぎらせて浜木綿となるゆえひとり誰をも待たず
**秋はゆくゆく血脈の重たさを**

雪の朝へ生まれてみたが山鳩があまりにやさしく啼くから長居

**アラベスク模様をたどり産声へ**

病める葦も折らずといえど深く病むその暗がりを神は知らざり

**憂鬱なアンドロメダは飲みほさん**

月光に襟も袂も濡れそぼちあまたの母が解読を待つ
秋蝶に噛まれし指の先は雨

忘れてはいないはずだが面影はサラサラ零れ落ちて晩年
たましいがちぎれ海月か水母か

大いなる水甕に秋の水くめばしたしたしたと来たるものあり
黄昏の奥にたたまれゆく家族

きらきらと少女ら憩う中庭の噴水はややはにかみており
あふれてゆがんでころがって地の果て

おみならはみなみずうみをひとつもちときにゆらしてさざなみたてたり
**歩くかな夕焼の空の昏むまで**

少年は権力を無化したかりきたった一人の少女のために
**ワタシウマレタヨキョウユキガヤンダヨ**

『パルチザン伝説』を夜ごと読む日々よ汝の柩の窓を思いて

**アンデスのリャマの毛糸は炎いろ**

晩秋のカルチェラタンを下りゆく焚火のあとはまだ焦げ臭き

**闇市の茜のつらほころびぬ**

のえらいてういちこやすこやきびきびと織り機は午後のシャトル飛ばしぬ

**冬深し絹の着物という伝言**

サラサラと乾いた砂に胡椒振り封筒に詰めて礫としたりと

**逝く朝の皿に残りし焼き鰈**

蛸壺からの連帯という葉書くる蛸壺ゆらす潮を思えり

新聞紙にくるまれぬくき寒玉子

# 第三章　絶滅種

笹鳴の痛いところに触れてくる

春野ゆく衣縫う鳥を探し探し

恋して小鳥こわごわつつく夢の殻

芽吹くなり蓬髪に小鳥棲まわせて
姉いつしか小鳥電球でありぬ
記憶夢淡きもののみ啞えくる

水仙のあたりを神と思い過ぐ

春の岸明けゆく遺書の飛びたてる

薔薇窓へ春の霰の降る日なり

ぶらんこの前に回れば傷だらけ

影の小枝揺らしてさえずりはまるし

金糸雀のための草摘みたり一人

太古にもままごとありぬ鶸花鶏

夢の小鳥へ繁縷を摘むもっと摘む

春寒の二階へ舟を舫いおく

早春のアンモナイトよ応答せよ

巣立ったら槐の枝へ行くつもり

さえずりのもつれて墜ちていくフィヨルド

指に来し銀の小鳥を飼いならす

桜の実黒く実りて黒くつぶれ

郭公啼けば三千世界水ぐむよ

まなじりをほろとこぼれしものも海

唖蟬の啼き声満つる夜もあらん

緑の夜ララのテーマの蓋をあけ

つれづれに燃やす手毬も鳥の巣も

音立てて虹の生まるる水際あり

小鳥見においでよ滝しぶき浴びようよ

少年の窓も点りぬ銀河の端

半島へビーチパラソル深く挿す

鹿の子の夢を出ていく潮まねき

もうすぐことだまになる朝露の練習
羽うるむ露草のつゆ飲み干せば
始まりの井戸を探してエストレーヤ

眠り込む鏡の中は秋の雨

秋声にはばたき少しまぜてみる

秋は水湧いてこぼれて小鳥となる

南天の実が大好きだった小鳥のとき
草花のように置かれて過去帖は
絶滅種と聞きしが秋の陽だまりに

一位の実落としたちまち飛び去りぬ

晩年やきつつきに穴あけられて

帰る燕に薔薇色の塔は見えているか

しずかな沼のしずかな水鳥として生きよ

小鳥来て落としてゆけり不老不死

火を焚けばここら解放区（カルチエラタン）なる

終末のせせらぎの音がもれはじむ
山茶花と開かずの踏切を渡る
日月は雪の香ときにしずくして

冬麗のガラスの森のガラスの花
ついに氷河に突き刺さりたる感情線
後の世は雪を紡いだり織ったり

思い出が入りくる夕窓は閉めよ

奈落にもカフェのありて瞬きぬ

毛糸玉に深く針さし黙祷す

冬虹になる基督にふれたから

いのち甘ければ梟が吸いに来る

ボヘミアングラスへたっぷりの曼荼羅

DUO●みそひともじをみちづれに

# 『緑色研究』入門

嬰児蠅瞳向日葵ポロネーズみなさみどりの体毛もてり
おそるべきさみどり蝶になる前の

大いなる桜大樹につながれて小さな家はどこへもゆけず
デラシネの次女が立ち寄る春のバル

立川駅に滑り込むとき中央線は子犬のように鳴くことありぬ

逃げ水やわたしの犬がふりかえる

うれしさにたまらんとばかり追いかけておさえていたりうすばかげろう

翡翠の自爆へ藤のつるそよぐ

傷んでる?　泣いて瞼をはらしてるだけではあるがそうかもしれぬ

**左岸というやさしさへ靡け梅花藻**

あおみどろうかべまどろむ古沼を脚そよがせてゆきすぎにけり

**著莪の花咲く入口がみつからない**

鞠投げあったりして幸せな日々でした市ヶ谷本村町は新緑
**花盛りの森よ日当るバルコンよ**

森の奥へ電車大きくカーブして乗客はみな影絵のごとし
**囀りやまず地球へ戻りそこなって**

散骨の水辺に立ちてながめれば湖はさざなみ歌いつつくる
**小梨咲きたましいやわらかくなりぬ**

駅前のボクシングジムの看板の赤いコブシが虚無へ突き出す
**骨肉の迷路たどれば桜実に**

西多摩の若草色のガスタンクまるくひかって百年後もあるか
**埋めもどす廃都の月のかけらかな**

毛づくろい邪魔されたからとりいそぎ歳月の裏へ避難したんだ
**尋ね人の時間がはじまる新緑が痛い**

図書館で『ときめき片づけ術』借りてドコモへ寄ってそれからどこへ

檸檬ぎゅっと搾れば裾野はるけしや

ヒナギク荘二階に一人まどろみて三〇〇年をうかと過ごせり

哀しみのおかっぱとなるクレッソン

夕暮は河骨点る沼となる水の国にも夕餉あるらん
**黄昏をとろりかきわけ亀ゆけり**

石段を下れば電話ボックスが今にも流されそうに立ってた
**青梅をころんと夜のはじまりに**

# さみだれのにおい　『緑色研究』は

ひたひたと寄せる近江の真水あり浮御堂まで歩いて候

# 第四章　苫蓬

なにを逃れんと羊歯原をかけくだる
昼月の溶けるあたりへ豆の蔓
繭たけて千年のちも苦蓬

燦燦と母　銀の夏蕨
つるばらつるばら追憶はアンダンテ
山鳩がふるさとつれてくる時間

河骨を灯して友を待つ家よ

杉の香の産道抜けて日本海

少女A茅の輪くぐれば光りだす

マトリックス崩れつづける万緑

鉄に染みわたる五月の片恋は

湧き水に坊や遊ばせ忘れけり

恐竜が棕櫚の花食む夕べかな

一重より八重に移りし薔薇嗟嘆

朝顔の白に飛び込んでみるか

あやめの辻でこころが曲がる振り返る

北欧の風船となり売られおり

ゆらゆらと空に緋の咲く鯉浄土

田園のしえらざあどよ灯ともしごろ
ピンぼけの叔父立つ煙草くゆらせて
ソプラノの伯母は晩夏のオルゴール

草深き回転木馬へたどりつく

数幾度（あまたたび）かよいしよ虹の根のあたり

老い方が足りぬしろばなさるすべり

野萱草咲きみちて神の遊び場は

とりどりの花咲く柱磨かれて

野菊道からころたずねゆかんかな

葡萄ひとつぶ人の世のいぶせさに

白コスモスゆっくりと四肢伸ばしたり

骨となるセイタカアワダチソウに雨

百合の花どこまで墜ちていくつもり
月見草辿りたどりて伯爵領
百合と百合の間を未来とおります

パルチザンもパルナシアンも月見草

糸光らせて曼珠沙華からどこへ

山茶花の隣は命あたたかし

夕闇が始まる風花が帰る

雪降って梅咲いて宇宙ふくらんで

春立つと土にひとつぶ貝釦

悲しみの旋律がくる豆の花

ちり紙交換来てエホバ来てタンポポ

いのち幾度うまれかわれば萌黄色

からたちのさびしい花がわっと咲く

夜毎睍るはかなしからずやジャワ更紗

夏蜜柑灯るわたしの帰り道

山野行まず錆びた橋渡りけり

人参を花型に抜く夕闇も

あふりかすみれ咲いてやまざる物語

蠟梅へ体内の水ぅつりゆく

世代交代すすむ奈落のひめじょおん

人体のおぼろは絹糸で綴じよ

信仰はつややか椿咲くほとり

生みたての銀河とおもう薄氷

たった一つの花文字探す旅なのか

芋虫の眸が問えり夢ですか
蝶となる夢とも知らす夢蹴って
置き去りの蝶のぬけがら詩のうつわ

DUO●みそひともじをみちづれに

# 以後の夏ラプソディ

山椒の葉食べつくしたけどまだ成れぬ飛び立つことは奇跡なのだな

以後の土から透きとおる花茗荷

丘の上で以後も変らぬ街見たら何かせずにはいられなかった

百日紅つぎつぎ点し通過中

表から裏へ行くのは苦しくていつも谷底を眺めてばかり
**山野いきいき幽明はふかみどり**

むかし夜汽車の窓を横切る雨脚をおれの人生だとおもったことも
**水滴が水滴つれて往く晩夏**

シャンパンとシェリーがよおく冷えている百歳になるその日を待って
**玉手箱あければ草の種つやつや**

しがみつくには暗い門だった窓から歌は聞えていたが
**空蟬のからっぽ父が見て母が見て**

小さき手で握りしめたる水鉄砲まだ入口は出口と知らず

**ビーナスが寝転んでいる秋の岸**

三人のたまのようなるみどりごを起承転とは名づけてみたが

**弟のダリアやさしき色したる**

氷室までいく道中は百合ひらき柱時計がボーンボン

仏間ならはばたいてみる水蜜桃

白シャツの若き叔父立つ崖っぷち蝶なら先へ行けるのだけど

草深き父の書斎は魂泊り

裏庭の金魚は消えて山裾のホームの池を泳ぎけるかも
**故郷はひとひかぎりの野萱草**

もう二度と山には棲めぬだがしかしサザンテラスの杉の香りが
**いなびかり突き刺す遠野ものがたり**

一本道を行くとき父が先頭でしんがりは母であった花野よ

**裏山の藪萱草を誰も知らず**

フェンネルの種摘むときにイタリアの崖の小道が指先に来る

**死ねば死もなし青蚊帳は風はらみ**

湖の始まりはこの滾々と盛り上がりたる小さな泉

三匹の馬うつうつと秋を食む

釣堀の水が濃くなる夏夕べ花火づくりは詩づくりに似て

涙よく湧く言の葉の片蔭り

わらわらと母親たちが緑陰を抜け出て歩行巫女となりゆく

縄文の甕にまきつく愁思かな

## あとがき

二〇〇三年に最初の句集『舟歌』をまとめたとき、あとがきに次のように記した。

　私にとって俳句を書くことは、記憶という地層に埋められた夢の化石を掘り起こすことであった……この一冊は俳句形式を借りた私の夢のクロニクルである。

それから十七年の歳月が流れた。懐かしい人々との交信、懐かしい場所への再訪……飛び去っていく記憶の物語をひたすらつづってきたが、「俳句形式」の励ましなくしてはなしえなかったと改めて思う。

本句集のタイトルは第二章の冒頭に収めた二十句の中の一句から採った。この二十句は二〇一七年十一月に、夫や友人たちと加計呂麻島を訪ねたときの旅が下敷きになっている。加計呂麻島は周知のように、トシオとミホが出会った場所である。私が二十代はじめに「対幻想」という言葉を知ったとき、同時に私に迫ってきたのが島尾敏雄の作品群だった。あの日、夕闇迫る呑之浦に分け入って自分の原点に立ち返る思いがした。

本句集の表紙を飾る絵は、その旅へと誘ってくれた加計呂麻島出身の友人のお嬢さん、司香奈さんの作品である。昨年三月からわが家の居間で元気を与えてくれているが、句集への使用を快諾いただきうれしさ一入である。深い縁を感じている。

各章の最後に「ＤＵＯ　みそひともじをみちづれに」と題して短歌風三十一文字と俳句のデュエットを収めた。拙い試みではあるが、古い詩型が五分と五分で響き合うことを夢想した。

最後に句集の装丁を手がけてくれた「らん」の句友、三宅政吉（月犬）さん、発行の労をとってくださった七月堂の知念明子さん、鹿嶋貴彦さんに心よりお礼申し上げます。また、長く「らん」という場を共有してきた同人各位にもこの場を借りて心より感謝いたします。
このささやかな一冊を山椿の下に眠る清水径子さんに捧げます。

二〇二〇年一月

皆川　燈

**略歴**　一九五一年秋田県生まれ。一九八九年に「童子」主宰の辻桃子先生と出会い俳句を始める。一九九〇年より永田耕衣先生の「琴座」へ投句。九二年より「琴座」同人。九七年「琴座」終刊。同年八月、耕衣先生ご逝去。九八年二月、清水径子さん、鳴戸奈菜さんを中心に関東地区在住の旧琴座同人有志で立ち上げた俳句同人誌「らん」に創刊より参加。二〇〇三年、第一句集『舟歌』上梓。「らん」を俳句発表の場としつつ現在にいたる。

朱欒ともして

二〇二〇年一月二〇日　発行

著　者　皆川（みながわ）燈（あかり）

発行者　知念　明子

発行所　七　月　堂

〒一五六―〇〇四三　東京都世田谷区松原二―二六―六
電話　〇三―三三二五―五七一七
ＦＡＸ　〇三―三三二五―五七三一

印　刷　タイヨー美術印刷

製　本　井関製本

乱丁本・落丁本はお取り替えいたします。


Printed in Japan
ISBN 978-4-87944-401-1 C0092